문학과지성 시인선 389

경쾌한 유랑

이재무 시집

문학과지성사

문학과지성사에서 펴낸 이재무의 시집

온다던 사람 오지 않고(1995)

문학과지성 시인선 389
경쾌한 유랑

초판 1쇄 발행 2011년 3월 17일
초판 3쇄 발행 2014년 8월 29일

지 은 이 이재무
펴 낸 이 주일우
펴 낸 곳 ㈜문학과지성사

등록번호 제1993-000098호
주   소 121-894 서울 마포구 잔다리로7길 18(서교동 377-20)
전   화 02)338-7224
팩   스 02)323-4180(편집) 02)338-7221(영업)
전자우편 moonji@moonji.com
홈페이지 www.moonji.com

ISBN 978-89-320-2192-8

문학과지성 시인선 389

경쾌한 유랑

이재무

2011

시인의 말

깜냥 것 공들여 지은
아홉번째 시의 집을 세상에 내어놓는다.
새집을 지을 때마다
설렘과 기대감이 적지 않다.
집은 사람들을 위해 짓는 것이다.
사람들이 들어와 살지 않는 집은
집으로서의 의미와 가치가 없다.
빈집일수록 쉽게 망가지고 부서진다.
집의 수명은 사람의 숨결과 함수관계를 갖는다.
부디 이 집에 많은 이들이 다녀가고
또 머물러 살았으면 한다.

2011년
이재무

경쾌한 유랑

차례

4부

1부

나무 한 그루가 한 일

강물 내려다보이는 연초록뿐인 언덕 위의 집

홀로된 노인 과실수 한 그루 구해 심으니

바람 몰려와 우듬지 흔들다 가고 햇살 잎잎마다 매
달려 잉잉거린다 가지 끝 대롱대롱 빗방울 무수한 벌
레들의 남부여대 껍질 속 세 들어 살고 꽃 피자 벌 나
비 붐비고 구름 커튼 두껍게 그늘 치고 불콰한 노을
귀가에 바쁜 걸음 문득 멈추게 하고 이슬 내린 밤 열
매의 소우주에 둥지 틀다 가는 별과 달

나무 한 그루 불쑥 들어선 이후

강물 눈빛 더욱 깊어지고

갑자기 살림 불기 시작한 언덕

부산스레 허둥대기 시작하였다

돌로 돌아간 돌들

돌 속으로 들어가 돌과 함께

허공 소리치며 날던 때가 있었다

번쩍이는 것들,

유리창을 만나면 유리창을 부수고

헬멧 만나면 푸른 불꽃 피워 올리며

맹렬한 적개심으로 존재를 불태웠던

질풍노도의 서슬 퍼런 날들이 가고

돌들은 흩어져 여기저기 땅속에 처박혔다

돌 속에서 비칠, 어질 사람들이 나오고

비로소 돌로 돌아간 돌들

저마다 각자 장단 완급의, 고요한

풍화의 시간 살고 있다

말 없는 나무의 말

이사 온 아파트 베란다 앞 수령 50년 오동나무

저 굵은 줄기와 가지 속에는 얼마나 많은,

구성진 가락과 음표 들 살고 있을까

과묵한 얼굴을 하고 골똘히 생각에 잠겨 있는 그를

마주 대하고 있으면 들끓는 소음의 부유물 조용히
가라앉는다

기골이 장대한 데다 과묵한 그에게서 그러나 나는
참 많은 이야기를 듣는다

그는 나도 모르는 전생과 후생에 대하여 말하기도
하는데

구업 짓지 말라는 것과 떠나온 것들에 연연해하지

말 것과

인과에는 반드시 응보가 따른다는 것을

옹알옹알 저만 알아듣는 소리로 조근거리며

솥뚜껑처럼 굵은 이파리들 아래로 무겁게 떨어뜨
린다

동갑내기인 그가 나는 왜 까닭 없이 어렵고 두려운가

어느 날인가 바람이 몹시 심하게 불던 밤은

누군가 창문 흔드는 소리에 깨어 일어나보니

베란다 밖 그가 어울리지 않게 우람한 덩치를 크게
흔들어대며 울고 있었다

나는 그 옛날 무슨 말 못할 설운 까닭으로

달빛 스산한 밤 토방에 앉아 식구들 몰래 속으로 삼켜 울던 아버지의 울음을

훔쳐본 것처럼 당황스러워 애써 고개를 돌려 외면 했는데

다음 날 아침 그는, 예의 아버지가 그랬듯이 시치 미 딱 떼고 아무 일 없었다는 듯

무심한 표정으로 돌아가 데면데면 나를 대하는 것 이었다

바깥에서 생활에 지고 돌아온 저녁 그가 또 손짓으 로 나를 부른다

참 이상하다 벌써 골백번도 더 들은 말인데

그가 하는 말은 처음인 듯 새록새록,

김장 텃밭에 배추 쌓이듯 차곡차곡 귀에 들어와 앉
는 것인지

불편한 속 거짓말처럼 가라앉는다

그의 몸속에 살고 있는 가락과 음표 들 절로 흘러
나와서

뭉쳐 딱딱해진 몸과 마음 구석구석 주물러주고 두
들겨주기 때문일 것이다

꽃들의 등급

어떤 꽃들은,
영화처럼 관람 등급 매겨야 하지 않을까
불온한 생각 불쑥 들게 할 때가 있다
백합 장미 칸나 아카시아 목련 같은
꽃들은 확실히 풍기 문란 혐의 같은 게 있다
가령 볕 좋은 유월 한낮
공중으로 번지는 향기 파문에
향 보라 일으키며 질주해온 한 떼의 벌들
거침없이, 아카시아
속치마 속 파고드는 행위를 보라
사행 부추기고 조장하는 관능들
철철 흘러넘쳐 하도 아찔해서
마음 발갛게 발기시킬뿐더러
몰두하는 현재의 일 무용하다는 것
일순간 환하게 드러낸 뒤
맹목의 벼랑으로 몸 부추겨 몰아가는 것을!
그러나 나는 이미 지천명을 넘긴 사내
꽃과의 싸움에서 매번 불행하게도

아슬아슬 고비 넘겨 가까스로 이기는 것은
감성 쪽이 아니다
지루한 평화가 날마다 폐지처럼 쌓여간다

문신

복도는 온몸이 귀가 되어
신발이 내는 소리의 미세한 결들을 본다
물기 빠져나간 통나무 같은 복도의 몸에
자취 남기며 무수히 오가는 신발들은 알까,
문 나선 신발들이 문으로 돌아와
깊은 잠에 빠져 있을 때
홀로 우는 것들 중에 복도가 있다는 것을.
또 그런 밤에 복도의 식솔이 되어버린,
어제의 신발들이 남긴 낡은 소리들도
들썩들썩 도대체 바깥이 궁금하여
복도의 천장 열고 나와
바람 부는 대숲처럼 수런, 수런댄다는 것을.
그러다가 희미하게, 신발 끄는
소리의 빛 보이면 재빠르게 표정 지워내고
저를 무두질해오는 신발의 무게 고스란히
받아들이는 것을. 딱딱해지는 복도가
또 아프게 몸 열어
날 선 소리 하나를 끌어안는다

사금파리가 지나간 유리의 표면처럼
늙은 근육에 태어난 문신이 아프다

눈

찬비에 젖는 비석처럼 냉정하게 세계를 바라보는 눈

비 다녀간 강물처럼 불어난 생의 슬픔을 글썽대는 눈

풍경 담은 호수처럼 깊어지는 눈

사금파리로 창 긁는 소리 연신 뱉어내는 연인의 눈
빛 앞에서 바람 만난 촛불로 일렁대는 눈

믿는 도끼에 발등 찍히고 숯불처럼 맹렬하게 적의
로 불타는 눈

잘 익은 여자의 관능 게걸스럽게 훔쳐 먹으며 검불
삼킨 듯 붉게 충혈되는 눈

혀보다 먼저 음식에 손을 대는 눈

정당한 권위 앞에서 머루알처럼 순해지는 눈

거짓말 애써 감추려 커서처럼 깜박거리는 눈

들킨 비밀로 놀라 동자를 지우고 눈 밖으로 흘러나
올 듯 흰자위가 번지는 눈

맛보고 소리 내고 냄새 맡고 느끼는 눈

이 능청맞고 뻔뻔하고 사악하고 변덕스럽고 천연덕
스러운 데다 깊고 솔직하고 겸손하고 자애롭기까지
한 눈 감고 잠을 청하는 밤,

망막 속으로 외화의 자막처럼 숨 가쁘게 지내온 하
루가 지나가고 있다

술이나 빚어볼거나

올가을엔 만사 제치고
내 고향 부여군 석성면 현내리에나 가서
철없던 유년 소풍 갔다가 보물찾기로 받은
호루라기 종일 불다가 잃은 뒤로
빛과 색 더욱 무성해진 풀밭에 빈 항아리로 누워
산그늘 덮고 한 달포 자다 깨다 하면서
저 잘난 세월에 놓이나 걸까
그러다 여우비 내리걸랑 고스란히 아껴두었다
한량 같은 구름 몇 살 오른 별 몇
동동, 동치미처럼 띄워놓고
산달 앞둔 여자 둥근 배 같은 달도 푹 담가 띄우고
떼로 몰려오는 풀벌레 울음 삼태기로 쓸어 담아
꾹꾹 눌러 쟁이고
오명가명 수박씨인 양 툭툭,
내뱉는 누룩 내 나는 사투리도 몇
함께 절여서 도수 높은 술이나 빚어볼거나
명리에 밝은 샌님들 불러들여
인사불성될 때까지 대작할거나

24

펜에 대하여

마른 땅 파 들어가는 삽이여,

묵은 논 갈아엎는 쟁기여,

고랑 타고 앉아 풀 매는 호미여,

돌멩이에 날〔刀〕 찍혀 우는 쇠스랑이여,

이마에 한 톨 두 톨 돋는 땀이여,

경작의 노고보다 헐한 소출이여,

적막을 줍다

늦은 오후 시내를 빠져나와
숲으로 밤 주우러 가는 여자가 있지요
갑자기 쏟아지는 빗방울처럼 후두두
아람 벌어져 떨어져 내리는 밤알들
잔물결치는 어깨며 시작된 탈모의 머리
때리면 빈산 흔들며 저 혼자 호들갑 떠는
여자의 외로운 콧등 위로 쌀알 같은 땀방울
송송 돋아나지요 자궁 들어낸 그해 여름 이후
외박 잦은 남편과는 열매 떠난 과수 대하듯
내외하며 살고 있고
가을 한철 밤 줍기는 그녀의 일과가 되어버렸지요
그러나 그녀가 주워온 밤을 먹는 일은 없어요
밤들은 작은 항아리에 갇혀 지내다
겨울 지나 봄 오면
밤나무 그늘 속으로 다시 돌아오지요
둥글게 만 등허리
햇살은 성긴 가시로 와서 박히고
여자는 신앙처럼 또 하루 경건하게
토실토실 잘 익은 적막을 줍고 있지요

백둔정방 요양원에서

늦은 아침 기척에 놀라 두근거리는 울퉁불퉁한 산 길 아내와 내외하지 않고 오른다

산수유나무 가지마다 통통 물오른 젖 활짝 드러내 놓고 발칙하게 흔들어대는 농염을 아내는 처음인 양 반색하며 호들갑 떤다

오래전 보이지 않는 꽃 속에 무덤 파고 들어가 누 운 사내가 있었지

뵈는 꽃은 물질이므로 누구라도 그 속에 들어가 누 울 수는 없는 일이다

산달의 나무가 전력투구로 피운 꽃송이 송이 그러 나 꽃의 졸업이 모두 열매로 새 학년을 맞는 것은 아 니다

그사이 아내에게는 쉽게 감동하는 버릇이 생기고

웃음도 많이 헤퍼졌다

열심히 사는 것과 안달하는 것은 다르다 안달을 배
웅하고 난 뒤 자연에 자주 마중 나가는 아내의 몸에
서 산더덕 내가 훅, 끼쳐왔다

세상에는 존재만으로 은혜 베푸는 것들이 있고 새
끼같이 귀한 것들도 있다

하지만 마음 앓는 나로부터 몸 앓는 아내까지는 손
뻗어도 가닿지 못하는 거리가 있다
이것은 간절함과는 상관없는 것이다

몸과 몸 간의 거리와 몸과 마음 간의 거리와 마음과
마음 간의 거리를 어찌 셈본으로 측량할 수 있으랴

시간의 텃밭에서 자란 관계의 풋것들은 서로의 발소
리에 얼마나 민감했던가

계곡 타고 흐르는 물줄기로 빗자루 엮어 알뜰히 쓸
어낸 귀의 골목 속으로 갓 태어난 말랑말랑한 말들
뒤뚱뒤뚱 걸어 들어온다

꽃들의 향기 깔깔깔 박수 쳐대며 허공으로 산개하
고 있다

雪夜

눈 내리는 겨울밤
담배 한 대 피우고
동치미 한 그릇 뚝딱 비우고
까칠까칠한 얼굴 마른 손으로 거푸 쓸어내리고
창문 열었다 닫고
들숨 날숨 길게 마셨다 내뿜고
갱지 한 장 꺼내
물컹물컹한 말들 써본다

봉해놓은 묵은 서랍을 연다
몽당연필, 부러진 양초, 향나무 한 토막, 소인 찍
힌 편지 봉투, 미완성 초고 시편, 쓰다 만 연애편지,
고장 난 손목시계, 촉 없는 만년필, 녹슨 못, 세금 고
지서, 고인된 선배와 함께 시골 간이역 배경 삼아 찍
은 흑백사진, 마른 꽃가루
요술 상자인 양 어제가 불쑥불쑥 민얼굴 내밀어
온다

험한 잠을 자는지 아내의 잠꼬대 소리 요란하고
코밑 거뭇해진 아들 녀석
덮어준 이불 걷어차며 잠이 달기만 한데
자정 너머의 시간 새하얗게 덮으며
분분분 눈은 내리고
내려서는 층층층 쌓이는데
마음의 국경 지대 배회하며
오래 굶주린 적막이라는 짐승,
부욱북 광목 찢듯 하늘 찢는 울음소리 요란하다

그늘에 물들다

충북 영동 영국사엔 천년을 살고 있는 은행나무가
있다네
그가 일군 수백 평 그늘
한 바가지 푹 퍼서 목 축이고 등목까지 하고 나면
몸속까지 쩌릿쩌릿 한기가 든다네
저 우람한 덩치 속에는
우리가 모르는 상상 동물들 살고 있는지 몰라
그렇지 않고서야 신인(神人) 형상의 줄기와 가지
이파리 하나, 하나에서 뿜어져 나오는 형형한 눈빛
뼈 시리도록 서늘할 수야 없지 않은가
얼마나 오랜 세월의 독경 소리와 종소리
윤회 거듭한 바람이며 구름, 새와 벌레의 가계사가
저 검푸른 몸속 드나들며 살림을 냈을 것인가
나무의 눈빛 쐬고 온 날이면
장마철 지하 장판같이 눅눅하게 젖어 끈적이던
영혼 덕장의 겨울 명태처럼 짱짱하게 말라가던 것을
나는 묵언의 회초리로 받아들이네
그러나 철들지 않은 영혼은

아픔 가시고 나면 금세 생활의 잔꾀에 속아

마음 퉁퉁 붓도록 울다가 또,

영국사에 갈 때가 되었군 하며 예의 그늘을 떠올릴

것이네

무중력 저울

그는 달고 재는 일로 세상 이치 궁구하던 자
꼼꼼하게 저를 다녀가는 세세한 차이들
눈금으로 읽어내 존재들 가치를 증명해왔다
슬쩍 바람이 몸 얹기만 해도
파르르 진저리치며 파동 보이던,
바늘 촉수를 누구라서 감히 눈속임할 수 있었겠는가
경중에 따라 위계 매겨온 냉혈한
무게들은 고개 숙여 경의를 표해왔다
그렇게 평생 판단하고 재단하는 일로 살아온 그가
어느 날 문득 중심축 잃고 난 뒤
기관들 신경 줄 끊어지고 감각들은 몸을 빠져나갔다
이후 그는 자신이 지금껏 애써 지켜온
추에 대한 절대적 확신을 스스로 부인하였다
생에 위반과 반전이 일어난 것이다
무게의 차이는 가치의 서열일 수 없으므로
기능 상실한 추를 떼어낼 것
세계 안의 편재하는 사물은 각자 저마다의 무게로
고유한 최대치의 절대성을 지녀 살아간다는 것

그러니 무게의 이력들을 더 이상 개관하지 말 것
그리하여 그렇게나 많이 주렁주렁 길고
무거운 전력 담은 벽보와 전단지 인생들의 발길
끊어지고 철저히 버려진 채 그는 고립무원의
외톨이가 되었다 그리하여, 추수
끝난 벌판의 검불처럼 속진의 셈본으로부터
벗어나 생애 처음으로 무력한 자유가 주어졌다

태양의 부족

계절을 무섭게 질주하는 한여름의 나무들
지칠 줄 모르는 저들의 속도가 나는 무섭다
나무들 속 우글거리는 열대의 파충류들
번뜩이는 눈빛들 수피 뚫고 나와 검푸르게 일렁이
고 있다
한여름 나무들이 우렁우렁 소리 지르고 있다
권태를 모르는 저 초록의 노래가 나는 놀랍다
나무들 속 길길이 날뛰는 짐승들
날카로운 손, 발톱들 수피 뚫고 나와 허공을 찢고
있다
도무지 절제를 모르는 활활 불타는 태양의 부족
가지와 가지 촘촘하게 엮어 짠 스크럼으로 하늘 가
리고
바닥으로는 캄캄한 그늘의 우물 파놓은
무소불위한 오만을 보라
여름을 편애하는 자들
나날이 노쇠하여 가는 내 가난한 미래 비웃어대며
녹색 제국을 꿈꾸는 저들의 거침없는 행보가 나는

두렵다

　쉬지 않고 풀가동 중인 엽록소 공장에서 출하되는

녹음방초

　서로를 호명하며 쟁쟁쟁 뜨겁게 시간을 달구고 있다

불의 지청구

배화교도 되어 타오르는 불 숭배한 적 있다

주황빛 속에 청색의 손 적시며 축축한 생각

꼬들꼬들 말리다 보면 영혼의 동굴 안쪽에까지

비단실 같은 빛 새어 들어오곤 하였다

온갖 잡념의 비린 생선 던질 때마다

불은 고양이의 혀 되어 날름 삼키곤 했다

생의 궁극은 완전한 소진에 있는 것

화구 앞에서 생의 완주에 대해 생각했다

그러나 나는 씨름 기술이 부족한 사람

번번이 삳바 놓쳐 허둥지둥 나가떨어지기 일쑤였
지만

아직 시간의 끈 놓아서는 안 된다

타다 만 흔적처럼 추한 것 어디 있으랴

불 속에 덜 마른 아집의 생목 한 짐 던져 넣으니

검붉은 손톱 불쑥 나타나 눈 찌르고 얼굴 할퀸다

불의 지청구 달게 받은 뒤

자세를 고쳐 앉아 젖은 신발 벗어 말린다

저녁 산책

숲 가운데 앉아 서산낙일 바라다본다

저곳은 내 미래의 거처

누군가 부르면 대답할 준비가 되어 있다

밭 일궈 골라낼 돌 아직 수북한데

벌써 홑이불 되어 고랑 덮어오는 산그늘 서늘하다

삶은 여월수록 두껍게 죽음을 껴입는다

달군 쇠처럼 뜨겁던 속도 다 한때,

불 떠난 굴뚝처럼 식어가는데

그토록 오래 떠돌았으나

결국 나 또한 붙박이 나목에 지나지 않았던 것

맨살 추워 보이는 건초들아

너희도 사랑 잃고 추워 떨며

신음처럼 낮게 노래 불러본 적 있느냐

오고 가며 요란한 것들아,

사람의 한평생

산밭 산개한 자갈 두어 삼태기 골라내는 일밖에 무
엇 있으랴

올가을 화장품이나 만들어볼까

누구는 안개 빚어

수면제 만들어 팔 생각도 하였다지만

나는 올가을 풀벌레 울음

말가웃쯤 따 모았다가

유기농 화장품이나 만들어볼까

아침마다 얼굴에 찍어 바르고

도무지 세상만사 성에 안 차서

혀 차는 게 버릇이 되어버린

상사 면전에, 냅다

울음의 진한 향기나 번지게 할까

버림받은 자

그는 소음으로부터 고립되고 침묵으로부터도 고립되어 있다.
그는 버림받은 자인 것이다.
──막스 피카르트, 『침묵의 세계』에서

그는 버릇처럼 핸드폰 액정 화면 들여다본다
문자 한 통 날아오지 않는다
메일엔 스팸 가득 차 있고
누구도 그를 호출하지 않는다
살뜰히 살림을 살고 블랙커피를 타면
벌써, 모퉁이 돌아가고 있는 오전의 뒤통수가 보인다
은행과 관공서와 시장 다녀와
죽은 지 오래되었으나
화분 떠나지 못한 화초와 나란히 서서
베란다 밖 질주하는 차량들에 한눈팔다 보면
불쑥, 불순한 충동 치밀어 오른다
세계의 소음으로부터 고립되었다, 그는
우리에 갇힌 짐승의 하루를 사는 동안
혼잣말하는 버릇이 생기고
내면은 온통 잡음의 부유물 끓어넘친다
침묵으로부터도 고립되었다, 그는
자신과 세상으로부터 버림받은 자인 것이다

뜨거운 여름

풀밭에 누워 오후 내내 배 채웠던
끼니 도로 게워 되새김질하고 있는 소,
퍼 올린 표주박 물처럼 맑은
눈망울 속엔 그렁그렁 슬픔이 고여
일렁이고 있다 그 맑은 수면 위
천천히 구름이 흘러가고 앞산이 스쳐간다
소의 눈 들여다보는 일은
잃어버린 시간을 돌아보는 일
얼비치는 흑백의 풍경 애틋하다
내가 상념에 잠겨 있는 동안
장좌 묵언하는 스님처럼
저도 무념의 시간을 저작하더니
등에 수북이 쌓인 여름 털며
게으르게 일어서는 소
체내에서는 벌써, 삼켜진 풀잎들
한창 붉은 피로 자신들의 몸 바꿀 것이다
한 소식 얻은 듯 쿵쿵쿵 지축 울리며
걸어가시고 한 발 한 발 보폭 옮길 때마다

항문 비집고 나오는, 떡가래처럼
굵고 푸짐한 아침나절의 초원
일정한 간격 지키며 길에 남는다
그러자 냄새에 동한 풀잎들 길 쪽에
먼저 닿으려 손 뻗으며 아우성이다

2부

내 몸속에는

두 마리 서로 다른
짐승과 동물이 산다
그러나 이들이 사이좋게
이웃하며 산 적은 없다
순종이 안에서 한가롭게 어슬렁대면
야만은 밖에서 갈 데 없이 배회를 하고
광기가 저 홀로 미쳐 날뛰면
복종은 천애 고아가 되어 눈치만 본다
개와 늑대
이 오랜 유전의 숙명을 어쩔 수 없다
사랑의 손길에 길들여진
순한 귀와 탐스런 꼬리
분노의 발길질에도 순응을 모르는
성난 이빨과 이글거리는 눈
내 낡은 집 속에는
도무지 양보를 모른 채 으르렁대는
두 마리 서로 다른
인내와 충동이 산다

간절

삶에서 '간절'이 빠져나간 뒤
사내는 갑자기 늙기 시작하였다

활어가 품은 알같이 우글거리던
그 많던 '간절'을 누가 다 먹어치웠나

'간절'이 빠져나간 뒤
몸 쉬 달아오르지 않는다

달아오르지 않으므로 절실하지 않고
절실하지 않으므로 지성을 다할 수 없다

여생을 나무토막처럼 살 수는 없는 일
사내는 '간절'을 찾아 나선다

공같이 튀는 탄력을 다시 살아야 한다

주름진 거울

거울 속 굵게 팬 주름들 곁,
갓 태어난 잔주름들
어느새 일가를 이루었구나

저 굴곡과 요철은
시간의 밀물과 썰물이 만든 것

주름 문장을 읽는다
주름 속에는 눈 내리는 마을이 있고
눈에 거듭 밟히는
윤곽 흐릿한 얼굴이 있고
만지면 촉촉이
손에 습기가 배는 풍금 소리가 있다

이마에서 발원한 주름 물결
번져서 온몸을 덮으리라

로드 킬

한밤중, 누워 있던 검은 아스팔트가
벌떡 일어나 먹잇감을 찾아나선다
콜타르칠한 벽처럼 빗물에 번들거리는 몸,
속에서 먹을수록 커지는 허기가
컹컹, 인접한 산을 향해 짖고 있다
나흘 끼니를 건너뛴 아스팔트
제 몸 무두질하며 달리는 차량들
돌돌 말아 혀 안쪽으로 삼키고 싶다
공복이 불러온 뿌연 안개 속
검은 아스팔트가 바퀴를 굴리며 달리고 있다
질주의 관성은 중력이 낳은 사생아
아스팔트 등에 올라탄
재규어와 쿠거, 바이퍼, 머스탱, 스타리온,
갤로퍼, 라이노, 포니, 무소 들이
꽥꽥 비명을 지를 때마다
와들와들 산천초목이 떤다
산을 빠져나온, 길 잃은 본능을 잡아먹고
점점 더 난폭해지는 아스팔트
고삐 풀린 저 무한 질주를 아무도 막을 수 없다

시소의 관계

놀이터 시소 놀이하는
아이들 구김살 없이 환한
얼굴 넋 놓고 바라다본다
저 단순한 동어반복 속에
황금 비율이 들어 있구나
사랑이란 비율이 만드는 놀이
상대의 무게에 내 무게를
맞출 줄 알아야 한다
엇나가기 시작한 관계들이여,
놀이터에 가서 어린아이로
시소에 앉아보아라
놀이에 몰두하는 아이들은
그러자는 약속, 다짐도 없이
서로의 무게를 받들 줄 안다

수평선

수평은 고요가 아니다
수평은 정지가 아니다
가만히 들여다보라
선 안팎 넘나들며 밀려갔다
밀려오는 격렬한 몸짓,
소리 없이 포효하는 함성을
저, 잔잔한 수평 안에는
우리가 어림할 수 없는
천연의 본성이 칼날을 숨긴 채
숨, 고르고 있는 것이다
저 들끓는 정지와 고요가
바깥으로 돌출하는 날
수평은 날카롭게 찢어지리라

제 속 들키지 않으려
칼날의 숨 재우고 있는
저 온화한 인품의
오랜 침묵이 나는 두렵다

묵묵한 식사

바깥에서 시끄러운 하루 보내고
돌아와 저녁 식탁
가난한 소찬들 둘러보다가
사발에 담긴 묵을 본다

이 씁쓸한 맛의 물컹하고 연한
고동의 색은 어디서 왔는가
비바람과 벌레 견디고 이겨
차돌처럼 단단해진 동글납작한
남도의 얼굴들

가지를 떠난 후
뭉개지고 녹아 쓰고 떫은맛 내려놓고
한 덩어리 담백한 살[肉] 될 때까지
누구의 귀에도 가닿지 못했을
소리 없는 절규와 비명 떠올려본다

젓가락 숟가락 앞에서 속수무책인 것
어찌 저녁 식탁의 묵뿐이겠는가

된장찌개

이 구수한 맛은 어디서 오는 것인가
입천장을 살짝 데우고
한 바퀴 입속 헹궈 적신 뒤
몸 안으로 슴벅슴벅 들어가는
얼얼하고, 칼칼 텁텁하고, 매콤하며
씁쓸해하는 구성진 이것은
먼먼 조상 적부터 와서
여태도 우리네 살림을 떠나지 않고 있다
흐린 등불 아래 둥글게 모여 앉아
논밭에서 캐낸 곡물과 바다에서 난 산물과
산에서 자란 나물이 만나
우려낸 되직한 속정을
숟가락에 푹 퍼서 떠먹다 보면
바깥에서 묻혀온 냉기
햇살 만난 는개처럼 풀리고
사는 일에 까닭 없이 서느런 마음도
저만큼 세상의 윗목으로 물러나 있다
무구하고 은근하며 우직한 이것은
우리네 피의 설운 가락을 타고 온다

주름 속의 나를 다린다

일요일 밤 교복을 다린다
아들이 살아낼 일주일 분의 주름
만들며 새삼 생각한다
다림질이 내 가난한 사랑이라는 것을
어제의 주름이 죽고 새로운 주름이 태어난다
아하, 주름 속에 생활의 부활이 들어 있구나
아들은 내가 다려준 주름 지우며
불량하게 살아가리라
주름은 지워지기 위해 태어나는 것
주름을 만들며 나를 지운다

두부에 관한 명상

밭두렁 논두렁 태생들
한울타리 고만고만하게 키 재기 하며
푸른 꿈 영글게 키워온 녀석들
근육 붙고 장딴지 굵어지자
도지는 가려움 끝내 못 참고
건방진 개구리 되어
담장 밖 세계 속으로
총알처럼 튕겨 나간 녀석들
그러나 신천지에 놀랄 새 없이
어느 낯설고 두꺼운 손에 이끌려
물통에 갇혀 몸 불리고
얼굴 노랗게 떠서 믹서에 갈리고
촘촘한 체에 걸러진 뒤
달아오른 가마솥에서 좌충우돌
펄펄펄 함부로 날뛰다가
한순간 싸늘하게 굳어져버린다

오늘 하루도 두부 먹으며 두부가 된다

도망가는 산

사람들이 무서워 산은
마을 빠져나와 절뚝절뚝,
앓는 몸으로 도망을 가네
담장이 무릎 아래 잔풀 품어 키우듯
으스러지게 마을 끌어안고
억척스럽게 온정 피워내더니
허리 깊숙이까지 파 들어오는
독 오른 삽날이 무서워
품속 가득 껴안은 것들,
나무와 새와 벌레와 독버섯과 쥐와
뱀과 바람과 어둠과 구름과 별과 달과 해
한때의 푸른 추억들 풀어
먼저 챙겨 보내고
그렁그렁, 눈에 밟히는 듯
거듭 되돌아보며
쩔뚝쩔뚝 먼 길을 가네

저녁, 교정에서

등나무 벤치에 앉아 시들어가는 초가을
저녁 해 바라다본다 산에서 흘러내려온
그늘 발등 위로 출렁, 출렁거린다
서른 해 전 병든 노모 두고 입소해야 한다고
느타리버섯처럼 쓸쓸히 웃던 친구는
끝내 캠퍼스로 돌아오지 못했다
나란히 앉아 서로의 등과 어깨 말없이
두들겨주었던 그 자리엔 새 주인들이
눈부신 얼굴로 앉아 이어폰 귀에 꽂고
어깨 흔들며 발장단 치고 있다 세상은
의지와는 상관없이 요동치며 흘러갔지만
연연해하거나 노하지 않기로 한다
그사이 연륜 배인 줄기와 가지
그늘의 평수도 훨씬 더 넓어지고 깊어졌다
저 적막의 차일 속으로 얼마나
많은, 부은 마음들 다녀갔을 것인가
먼 곳에서 천둥처럼 들려오던 각혈의
기침 소리로 울컥, 생목 가래톳 돋던

무수한 밤들 뒤로 저렇듯 오늘의 벤치는
몰라보게 환해진 것 아니냐
방언 같은 말들 핑퐁처럼 주고받으며
마냥 즐거워하는 저 푸른 생활 속에도
언어 바깥의 내막들은 잠복해 있을 것이다
등나무 벤치에 앉아, 시들어가는 초가을
저녁 해 따라 등짐 내려놓고
홀가분하게 걸어가는 훗날의
나를 물끄러미 바라다본다

또 그렇게 봄날은 간다

아내한테 꾸중 듣고
집 나와 하릴없이 공원 배회하다가
벤치에 앉아 울리지 않는 핸드폰 폴더
괜스레 열었다 닫고
울타리 따라 환하게 핀 꽃들 바라보다가
꽃 속에서 작년 재작년 죽은 이들
웃음소리 불쑥 들려와 깜짝 놀랐다가
흘러간 옛 노래 입속으로만
흥얼, 흥얼거리다가 떠나간 애인들
어디서 무얼 지지고 볶으며 사나
추억의 페이지 한 장 한 장 넘기고 있는데
갑자기 요란스레 핸드폰 자지러진다
"아니, 싸게 들어와 밥 안 먹고 뭐해요?"
아내의 울화 어지간히 풀린 모양이다

봄날을 치우다

은밀하게 방에 들어와 수년을 살다가
죽어버린 사련을 봉지에 담아 치웠다
내게서 시를 밀어내고 걸핏하면
수면 장애를 일으키던 애련을 나는
참지 못하고 조금씩 죽여왔다
시름시름 앓으면서도 삼 줄기처럼 질긴
목숨의 끈이, 밑 터진 봉지가
한순간 우수수 내용물을 쏟아냈을 때처럼
마침내 옭아맨 매듭 풀어버리자
베란다 밖 오동나무가 꽃을 피웠고
꽃에서 보라색 종소리가 흘러나왔고
난 쉰한번째의 생일상을 받았다
여생에 나는 몇 번이나 춘사를 기념할 것인가
내 안에 기식하던 상열을 보내려 애써온
그, 오랜 시간 동안 어쩌면 나는
그의 기억의 방구석에서 이미
회색 먼지로 쌓였는지 모를 일이다
쉰내를 풍기며 봄날이 가고 있었다

빨래들만 즐겁다

썰물 되어 빠져나간 귀성객으로
갑자기 가동 멈춘 공장 앞마당처럼
적막이 먼지처럼 내려 쌓이는
명절 오후 고시원 옥상 위 빨래들
소슬바람에 경쾌하게 춤추고 있다
주인들은 찬 돌 밑 가재처럼 허리
구부리고 혼곤한 낮잠에 취해 있을까
잔물결 이는 한강변 따라
돌아갈 때 놓친 철새처럼 어슬렁대고 있을까
밑줄로 너덜너덜한 책 뒤적뒤적
한 번 더 굵게 밑줄 덧칠하며
휑한 눈 핏발 세우고 있을까
한지 한 장 크게 펼쳐놓은 듯
새하얀 하늘에 제문 쓰며 나는 새 아래
무거운 몸 벗고 한가해진 빨래들
샤워기의 물줄기처럼 쏟아져 내리는
가을 햇살 뒤집어쓰고
제멋대로 나풀대며 잘 마르고 있다

물의 기억

가는 비 오는 초여름 오후
낮술로 마음의 도수 올리고
우산 벗어 대청호수 바짝 당겨 앉으니
잔물결 속 굼실굼실 누에 머리 천지라
취중 졸음에 겨워 끄덕끄덕 조는 새
한 잠에 두 잠 자고 석 잠에 넉 잠
잔 누에들 섶에 올라 고치 짓더라
하늘에서 연신 비의 애벌레 떨어져
새 뽕잎 대느라 호수는 손발이 짧아지더라
저 수만 평 잠실은 잠농을 삼킨
물의 기억이 만든 것일까
물 아래 내력이야
내 소관 아니어서 난 다만 우중 풍경을
눈〔眼〕에 넣었다 뱉었다
놀이 삼매에 빠져나 있고

자국

도로 바닥에 자국이 하나 태어났다
저 성긴 자국 속에는
아직 지워지지 않는 미련이 있다
절박했던 순간의 아픈 비명이 있다
생과 사의 간극이 저토록 짧다
저 자국의 주인을 나는 모른다
저 주인의 이력을 나는 모르지만
저 자국의 비애를 나는 내 것으로 읽는다
누군들 사는 동안 필생의 삶을 살지 않겠는가
재의 성질과 부피는
생전의 화력을 가늠케 한다
되도록 적게 냄새를 남겨야 한다
거듭 달려와 바닥이 한사코 제 안쪽으로
끌어당기는 자국 뭉개고 가는 바퀴들
그때마다 진저리치며 시나브로
지상을 떠나는 자국의 분진들
원심과 구심의 팽팽한 긴장을 뚫고
때마침 바람이 분다

길가 마른 풀잎들 머리 풀어 크게 흔들고
허공을 붉게 울던 홍엽 몇 장
팔랑팔랑 몸 흔들며 가지를 떠나고 있다

3부

똥파리

너는 욕망의 암벽 기어올라
마침내 정상 등극에 성공하여
날개 달게 되었다
바야흐로 너는 구질구질한
바닥을 버리고 수직 상승하게 되었다
그러나 똥파리여,
너는 끝내 천출 벗지 못하였다
붕붕, 부산한 몸짓으로
진동하는 부패에 생활의 빨대 꽂고 있구나

지하철 칸칸마다 들어찬,
벽 기어오르고 있는 구더기들이여

物의 神

외론 나를 이상성욕자로 만드는 여자

마음의 고삐 쥔, 생활 쥐락펴락하는 여자

설탕 같은, 니코틴 같은, 폭탄주 같은, 마약 같은,
강원랜드 같은,

언제든 나를 범죄자로 만들 수 있는 여자

생의 감옥, 그러나 때로 바다이기도 하여 나를

무구한 아이, 성직자로도 만들 수 있는 여자

봄꽃 같은, 강의 상류 같은, 성경 같은

내 안에 잠자는 재능과 선에 눈뜨게 하는 여자

무표정한 얼굴 속 온갖 자애와 편의와 응원과 술수

와 계략이

숨어 있어 나 세계에 관대하고 옹졸해지네

시시때때로 호출하여

설렘과 두려움에 떨게 하는 物의 神

수직과 수평

수평은 수직이 만든 것이다

산의 수직 하늘의 수평을
해저의 수직 바다의 수평을
기둥의 수직 천장의 수평을
언덕의 수직 강물의 수평을
꽃대의 수직 꽃의 수평을

동이에 가득 담긴 물
이고 가는 그대의,
출렁출렁 넘칠 듯 아슬아슬한
사랑의 수평도
마음속 벼랑이 이룬 것이다

수직의 고독이 없다면
수평의 고요도 없을 것이다

첫인사

초면인 사람과 통성명 주고받은 뒤
고향이 어디십니까? 대신에
어디 사세요? 하는 인사 더 자주 받는다
이 질문의 변화는 심상한 것이 아니다
마음의 평지에 불쑥 돌 솟아오른다
여의도에 삽니다
아하, 좋은 데 사시는군요
나는 망설이고 망설인다
오해 풀어야 하나? 말아야 하나?
청자는 내 초라한 입성 재빠르게 훑어본다
속내 들킨 이의 발개진 얼굴,
서리 맞은 배추 잎같이 시들어가는 목소리로
아, 예, 전, 전세인데요
그러면 그는 그런다 겸연쩍다는 듯
전세라도 어딘데요? 여의도잖아요
마음의 평지에 불끈 돌 솟아오른다

피를 보다

운동 마치고 돌아와 샤워한 후
거울 속 얼굴 일별하다가
아, 하고 한껏 입 크게 벌려본다
입은 몸의 입구다
저 입으로 삼시 세끼 밥을 먹고
물과 차, 술 마시고 담배 피우고
여자들 입술 훔치고 유방 빨았다
입은 몸의 출구다
얼마나 많은, 몸 안의 것들
저 입을 통해 배설되었던 것인가
독설 퍼붓고 노래 부르고
흐느껴 울고 엉엉 소리 내 울고
쾌활하게 웃고 속삭이고
거짓과 진실을 말하고 농담을 하고
잠꼬대하고 또 하였던 것인가
저 입구로 들어간 것들은
살과 피가 되기도 하고
몸에 상해 입히기도 하다가

종착역인 항문으로 배설되었지만
더러는 간이역 같은, 사만 팔천 개
땀구멍으로 새 나오기도 하였다
저 출구로 나온 것들은
선한 이웃에게 위로가 되기도 하였으나
더러는 치명적인 독 되기도 하였다
저 굴 속 같고 아궁이 같고 화덕 같고
구멍 같고 뻘 같고 수렁 같기도 한
입단속하지 못하여 나는 얼마나 많은
회오의 밤과 아침 보내고 맞곤 하였던가
칫솔에 소금 듬뿍 묻혀 잇몸이 다
얼얼하도록 구석구석 문질러 닦고 싶은데
서너 번 칫솔질에 그만 뚝, 칫솔대
부러지고 입안 가득 피가 고였다

뼈아픈 질책

계단 오르내릴 때마다 투덜거리는 무릎관절
이 이상 신호는 탄력 잃은 기관들의
이음새가 느슨해지고 녹슬어간다는 징후이리라
누구는 칼슘 결핍에 운동 부족이라 탓하고
혹자는 식습관을 고쳐라 처방하지만
나는 안다 이것의 기원은
설운 생활에의 마음의 굴절에 있다는 것을
썩지 않는 기억은 유구하다
세상은 내게 없는 살림에 뻣뻣한 무릎이 문제였다고
말한다 내키지 않은 일에 무릎 꿇을 때마다
살갗 뚫고 나오는 굴욕의 탁한 피
하지만 범사가 그러하듯이 처음이 어렵고
힘들 뿐 거듭되는 행위가 이력과 습관을 만들고
수모도 겪다 보면 수치가 아닌 날이 오게 된다
굴욕은 변명을 낳고 변명이 합리를 낳고
마침내는 합리로 분식한 타성의 진리를
일상의 옷으로 껴입고 사는 날이 도래하는 것이다
그렇게 수신하고 제가하는 동안 마음 연골이 닳아

왔던 것

　생의 계단 오르내릴 때마다 무릎은

　뼈아픈 질책을 던져온다

　지불한 수고에 대한 값 너무 헐하지 않느냐고

웃음의 배후

웃음의 배후가 나를 웃게 만든다
자꾸 웃음이 나온다
밥 먹으면서 푹푹 길 걸으며 낄낄
앉아서 웃고 서서 웃고 누워서 웃는다
수업하다가 허허 차 타면서 헤헤
잠자다 깨어 웃고
소리 내어 웃고 소리 죽여 웃는다
누가 보거나 말거나
몸에 난 사만 팔천 개의 구멍을 열고
비어져 나오는 웃음의 가래떡
찡그리면서 웃고 이죽거리며 웃는다
웃는 내가 바보 같아 웃고
웃는 내가 한심해서 웃는다
이렇게 언제나 나는 가련한 놈
웃다가 웃다가 생활의 목에
웃음의 가시가 박힐 것이다

백지의 공포 앞에서 볼펜이 웃고

웃음의 인플루엔자에 전염된
꽃들이 웃고 새들이 웃고
애완견과 밤 고양이가 웃고
가로수가 웃고 도로가 웃고 육교가 웃고
지하철이 웃고 버스가 웃고 거리의
간판들이 웃고 티브이, 컴퓨터가 웃고
핸드폰, 다리미, 냉장고, 식탁,
강물, 들녘이 웃고 산과 하늘이 웃는다
동심원을 그리며 번져가는
웃음의 장판 무늬들
그러다가 돌연 사방팔방 안팎에서
떼 지어 몰려와
두부 같은 삶 물었다 뱉는,

가공할 웃음의 저 허연 이빨들
웃음의 감옥에 갇혀 엉엉 웃는다

공공 근로

점점 더 가까이 다가오고 있는 죽음을

노려보는, 공원 잔디밭 속 잡초들 파랗게 질려 있다

벌써, 호미로 캐내어져 버려진 죽음들은 냄새 풍기며 시들어가고 있다

불쑥, 예고 없이 찾아온 당혹을 무슨 슬픔에 견줄 수 있으랴

어디로도 튈 수 없는, 속수무책으로 운명 수납해야만 하는 붙박이 생들

철저한 계획과 명령과 지시의 선을 따라 집단 이주한 잔디 일가에

밀려나 누대에 걸쳐 살아온 터전을, 초록 주민들 하나둘 죽으면서 떠나고 있다

먼 옛날 아메리카 인디오가 그러했듯이

1960년대 시인 김광섭의 성북동 비둘기, 혹은

주소지를 자주 옮겨온 저 일당 벌이 여자들같이,

수상한 세월

봄 한철 텃밭 장다리 마을 색싯집 술청엔
인근 자자한, 색 밝히는 건달들,
낮거리 전문인 봉(峰)과 호(胡)씨들로 문턱이 닳고
해종일 동문선 뒤적이거나 삼백 시부 읊조리다가
밤들어 발동하는 바람기 재우지 못해
푸른 치마 속으로 은근슬쩍 마실 오는
하늘의 먹물들 월(月)과 성(星)씨들 음풍농월로 문
전성시,
대밭 소속 황작들 아쟁 켜는 소리와
풀밭 클럽 초록 벌레들 그룹사운드에다
채씨 문중 여인들 진동하는 지분 내로
마을은 오월 내내 온통 샛노랗게 어질머리 앓아댔
는데
몇 년을 에돌며 끌탕 끓던 하, 수상한 세월
흐드러지던 춘정 밀어낸 그 자리 쇳내가 코를 찌른다
그때부터였다 텃밭 인심도 사나워져서
걸핏하면 흙바람 불러들여
심술 사납게 행인 앞섶에 마구 흩뿌린 것은

칼과 도마

한바탕 살육 끝낸 사내
피 묻은 몸 씻은 후
집에 들어 일자로 누워 있다
곤한 잠자는지 요동도 없다

폭풍이 물러난 뒤
파지의 몸에 밴 피와 냄새
무수히 새겨진 주름 위
새롭게 그어진 상흔들
물끄러미 바라보는 여인

즐거운 식사가 끝나고
식탁 떠나는 포만의 눈동자들
각자의 방 속에 들어가
수천수만 개의 방을 뒤져
허기 달랠 사냥감 찾아다니며
저 홀로 야생의 시간 보내고 있다

묵언의 빛깔
—정림사지 오 층 석탑에 부처

부소산 에돌아가는
강물 퍼서 더운 몸 식히고
탑돌이하며 천년 묵언 듣는다

흐르는 물 소리쳐 울게 한,
마음의 냇가 솟은 돌들의
뼈아픈 시간들을
탑신 흘러내려온 그늘에 담근다

항아리 속
오래 묵힌 간장 같은
적막, 먹빛으로 번진다

86

눈사람

눈 내린 날 태어나
시골집 마당이나 마을 회관 한구석
혹은 골목 모퉁이 우두커니 서서
동심을 활짝 꽃피우는 사람
꽝꽝 얼어붙은 한밤 매서운 칼바람에도
단벌옷으로 환하게 꼿꼿이 서서
기다림의 자세 보여주는
표리가 동일한 사람
한 사흘,
저를 만든 이와
저를 물끄러미 바라보는 이
마음의 심지에 작은 불씨 하나 지펴놓고
자취도 없이 사라지는,
이 세상 가장 이력 짧으나
누구보다 추억 많이 남기는 사람

숟가락

밥집에 앉아 밥 나오기를 기다리는 동안
상 위에 놓인 숟가락 골똘히 들여다본다
숟가락 맨 처음 세상에 내놓은 이는 누구일까
출생 연도와 출신지를 알 수 없는
이 숟가락 든 손 얼마나 될까
한탄과 눈물로 숟가락 든 이가 있을 것이다
겸허와 감사로 숟가락 든 이도 있을 것이다
이 숟가락 애인처럼 반가운 이,
사자처럼 저주로 보인 이도 있을 것이다
그렇게 뜨고 퍼 나르며 평생을 살다가
숟가락은 어느 날 홀연 밥상을 떠날 것이다
내가 모르는 수많은 입과 손 다녀왔을
숟가락 앞에 놓고 숟가락 놓지 않기 위해
악착같이 살아온 날들 떠올리는 동안
소찬들이 나오고 밥과 국이 나온다
천천히 밥 한 그릇 달게 비운다
숟가락 앞에서 밥은 비로소 밥이 된다

통조림

깡통의 내용물은 사체
사체는, 해체를 목표로
기관들 틈새 벌리며 일정한 속도로
운동 중인 몸의 윤활유
냉장고에는 싱싱한, 딱딱한, 물컹한,
시든 사체가 칸칸마다 빼곡하게 들어차 있다
욕망과 잉여를 둘러싼 각축이
때로 세상의 모든 이론을 회색으로 만든다
통 속 뿌연 국물에 싸여
둥둥 떠 있는 송장 덩어리들 꺼내
냄비에 넣고 가스 불 올린다
소리 없이 증식하던 균들
부글부글 끓다가 죽는다
시간에 쫓기며 허겁지겁 사체를 먹고
우리는 죽음 쪽으로 조금 더 가까이
가고 있다

샛강

꽁꽁 얼어붙은 샛강

크고 작은 돌들 무수히 놓여 있다

먼저 다녀간 누군가들이 던진 돌들이리라

강은 매번 얼 때마다 저렇듯 팔매질을 당한다

돌을 부르는 차고 딱딱한 것들

날아온 돌 은빛 강철 몸으로 튕겨내면서

감춘 제 속 보여주지 않는 강

간류에서 벗어나 유속 잃은 뒤

물고기 한 마리 품지 못하고

결빙으로 존재 증명하지만

입춘 경칩 지나 활짝 봄 열리면

지독하게 냄새 풍기며 백일하에 본색 들키고야 말

샛길, 샛길로만 파고드는 강

겨드랑이가 가렵다

심사 울적한 저녁 지하 호프집 들러
통닭 안주로 술을 마신다
허기에 먹살 잡힌 이 살코기들은
피와 살 되고 그리고도 남는 것들은
한 무더기 똥 되어 배설될 것이다

환한 궁기 실팍하게 살아온 토종 아니라
공장에서 출하된 이후 24시간 형광 불빛
벌방에 갇혀 집단 사육되다가 발병한 동료
내장 파먹다 서서히 미쳐가다가 죽어
냉동 포장된 사체로
죽음을 살고 있는 여기까지 온 것 아닌가

아무려나 함포고복,
크윽큭 걸 트림으로 때 잠긴 목구멍 풀고
뒤뚱뒤뚱 걸어오는 길
문득 겨드랑이 가려워 아파트 올려다보니
층, 층, 층 양계장마다

우적우적 사료 삼키고 있는,

성대 잃은 닭들의 실루엣

불쾌하게 어른거리고 있는 것이 아닌가

맑은 물은 바닥을 감추지 않는다

　이십 년 전 홍천강에 풍덩 빠져서는 속진을 벗고 천진과 무구를 즐기던 중 그만 귀인으로부터 하사받은 손목시계를 물속에 빠뜨리게 되었다. 그런데 어찌된 일인지 우리가 논 곳은 물가였는데 시계는 물살에 휩쓸린 탓인지 강 가운데 놓여 있었다. 물이 맑지 않았다면 아무리 눈이 밝은들 어찌 발견할 수 있었겠는가 주인의 심사와는 하등 상관없이 시치미 뚝 떼고 천연덕스럽게 정좌한 그 자를 꺼내기 위해 눈짐작만으로 얕아 보여서 성큼 들어섰다가 어른 키보다 깊은 물에 그만 와락 감겨 목숨이 위태로울 뻔하였다 지금은 고물이 되어 서랍 속에 처박힌 채 무 시간을 살고 있는 그 자를 어쩌다 늦은 밤 대면하는 날이면 홍천강 그 세 모래와 눈이 부시도록 투명한 물이 눈에 거듭 밟혀온다.

　흐린 물은 바닥을 감추지만 맑은 물은 바닥을 감추지 않는다 그러나 눈에 보이는 바닥만으로 깊이를 어림할 수는 없다

불나방
── 우리 시대의 사랑법

맹목의 충동은 질주를 낳는다
좌고우면 없는 직선의 외길
화염 같은 집착 사늘한 재
결핍과 부재가 산모인
눈 먼 사랑의 자식들
한밤 내 쏜살같이 달려와서는
부비, 부비 춤추며
소리 없는 울음의 내장 꺼내
허공에 널고 있는 녀석들
유리 벽 미끌미끌 흘러내리는
욕망의 타액들
날 새면 흔적도 없을 것이다
수위 넘은 감정의 지수
여름 뜨겁게 달구고 있다

장갑들

벙어리장갑으로 하늘의 눈 자주 불러 내렸지
하루가 노루 꼬리만큼 짧았지

털장갑 때문에 외출할 일 많았지
읍내 빵집과 만두집이 깻잎 머리와 상고머리로 붐
볐지

가죽 장갑만 끼면 까닭 없이 배짱 두둑해져
차부 앞이나 극장 뒷골목 단물 빠진 껌 질겅질겅
씹다가
잇새로 찍, 침 뱉고 휘파람 불어대며 뜨거운 피 식
히곤 했지

오늘은 빨간색 페인트로 코팅된 목장갑 끼고
입술 담배 연기 내뿜으며 일터에 가고 있지
콜타르처럼 끈적끈적, 목에 잠긴 가래 긁어 뱉으며

기우뚱한 어깨

한쪽으로 형편없이 기운 어깨가
달팽이걸음으로 천천히 계단을 오르고 있다
저 기울기는 시대의 풍속과 간난의 세월이 만든 것
들끓다 솟구쳐 오르는 불온한 피
몸의 제방이 되어 막아왔을 어깨,
시간에 단련될수록 각질은 두꺼워진다
어깨는 적응 혹은 순응의 표상
그러나 큰 울음의 발동기 돌릴 때는
눈 코 입보다 먼저 시동이 걸리는 어깨
봐라, 저게 저 사람의 전력이다
질통, 책보, 더플백, 배낭, 가방 메 지는 동안
파인 홈과 돌출된 뼈
추 잃은 저울인 양 기우뚱한 생
수평을 잃은 높이는 때로 얼마나 불편하고 불안한가
반원으로 둥글게 몸을 만 사내가
계단 층층에 숨을 질질 흘리며 오르고 있다

우리 집 선풍기는 고집이 세다

그이가 우리 집에 들어온 게 신혼 초니까
벌써 이십 년, 결코 작은 세월이 아니다
물건의 입장에서 보면 이제 노년에 든 셈이다
처음 청년의 몸으로 들어올 때는
구릿빛 근육이 참으로 탐스러웠다
그러나 누구든 세월의 횡포를 이길 순 없다
그의 몸도 이제 여기저기
시간의 흔적이 남아 있는 것이다
요사이는 부쩍 관절염과 신경통이 심해졌는지
앓는 소리가 잦고 요란하다
그러면서 성정도 예전과 달리 강팔라졌다
그렇게 순하게만 굴던 그에게
전에 없는 치매성 고집이 생긴 것이다
그래도 달래면 곧잘 듣더니 근자에 들어서는
달랠수록 더 심통 부리며 엇나가기만 한다
저라고 왜 인욕의 시간이 없었겠는가

4부

숫눈

밤새 송이눈 내렸습니다

하나님, 공부에 지친 아이들에게

맘껏 낙서하며 뛰놀라고

도화지 한 장 크게 펼쳐놓았습니다

그런 날 마을은 가벼운 흥분이 돌고

뒤꼍 장광 하얀 모자 쓴 항아리들은

들썩들썩 뚜껑 열고 나가고 싶어

안달하는 간장 된장 고추장

들어앉혀 어르고 달래느라

불룩 나온 배 더욱 불룩해졌습니다

명경

식전 누군가 쓸어놓은

절간 마당처럼

겨울 하늘 맑다

곱은 손 펴서

마른 수건으로 호호 불어

닦아놓은 유리창처럼

겨울 하늘 투명하다

빙판 지치는 아이들처럼

하늘 호수를 첨벙대는 새

한 마리 두 마리 세 마리

다섯 마리 열 마리

클릭

햇살 가지에 와서 클릭,

클릭할 때마다 수피 뚫고 나온

연초록 이파리들의 부리

콕, 콕, 콕 허공 쪼아대고

햇살 꽃나무에게로 와서

자판 두들겨대니 복제되는

꽃말, 꽃 문장

천방지축 날뛰는 방향(芳香)

자글자글 몸속에서 끓는다

신발이 나를 신고

주어인 신발이 목적어인 나를 신고

직장에 가고 극장에 가고 술집에 가고 애인을 만나고
은행에 가고 학교에 가고 집안 대소사에 가고 동사
무소에 가고
지하철 타고 내리고 버스 타고 내리고

현관에서 출발하여 현관으로 돌아오는 길
종일 끌고 다니며 날마다 닳아지는 살〔肉〕
끙끙, 봉지처럼 볼록해진 하루
힘겹게 벗어놓고
아무렇게나 구겨져 침구도 없이 안면에 든다

푸른 거처

나무 속으로 내 사랑 들어갔네

나무 속으로 들어간 내 사랑

잎으로 돋고 꽃으로 피어나

사계를 살았네

나무 속에는 푸른 방이 있고

나무 속에는 푸른 마당이 있고

나무 속에는 푸른 창이 있다네

어느 날은 서럽게 울고

어느 날은 환하게 웃고

어느 날은 명주 올보다 더

가늘게 귓속 골목을 파고드는 노래

저 나무 속 내 미래의 거처엔

오래전 내 곁을 떠나간

사랑이 살고 있다네

워낭 소리

시간의 서랍 여닫던 소리

귓가에서 점점이 멀어져

풍경으로 남은 소리

들쩍지근한 내 앞세워

순한 저녁이 올 때

문득, 적막을 크게 흔들어

밑바닥에 갈앉은 생의 본적

떠오르게 하는

물빛 그렁그렁한 평화

자작나무

백두산 가는 길가

도열한 채 수줍게 웃던

북방의 여인들

늘씬한 몸매

흰 살결의 도도한 귀족들

차마 맞바라보지 못하고

힐끗, 힐끗 훔쳐보면서

나, 수간(樹姦)에의 충동으로

후끈 몸 달아올랐네

경쾌한 유랑

새벽 공원 산책 길에서 참새 무리를 만나다
저들은 떼 지어 다니면서 대오 짓지 않고
따로 놀며 생업에 분주하다
스타카토 놀이 속에 노동이 있다
저, 경쾌한 유랑의 족속들은
농업 부족의 일원으로 살았던
텃새 시절 기억이나 하고 있을까
가는 발목 튀는 공처럼 맨땅 뛰어다니며
금세 휘발되는 음표 통통통 마구 찍어대는
저 가볍고 날렵한 동작들은
잠 다 빠져나가지 못한 부은 몸을,
순간 들것이 되어 가볍게 들어 올린다
수다의 꽃피우며 검은 부리로 쉴 새 없이
일용할 양식 쪼아대는,
근면한 황족의 회백과 다갈색 빛깔 속에는
푸른 피가 유전하고 있을 것이다
새벽 공원 산책 길에서 만난,
발랄 상쾌한 살림 어질고 환하고 눈부시다

꽃잠

꽃 피운 목련나무 그늘에 앉아
누군가 부쳐온 시집 펼쳐놓는다
아니, 시는 건성으로 읽고
행간과 행간 사이 꼼꼼하게 들여다본다
햇살은 낱알로 내려 뜰 가득 고봉으로
소복 쌓이고 시집 속 봄볕에
나른해진 글자들
겯고 튼 몸 뒤틀다가 하나, 둘, 셋
느슨하게 깍지를 풀고
꼬물꼬물, 자음과 모음 벌레 되어 기어나온다
줄기와 가지 따라 오르고
꽃 치마 속 파고들기도 한다
간지러운 듯 나무가 웃고
꽃은 벙글벙글
이마에 책 쓰고 누워
배 맛처럼 달고 옅은 꽃잠을 잔다

저 꽃들 수상하다

종일 햇살 낚시에 입질하더니

가지의 밖으로 끌려나와 허공 가득 피 냄새 풍기고
있다

수십 년을 이 공원과 함께 살아온 나무

검붉은 줄기 속 몇 겹의 나이테는 이제 연륜도 자
랑도 아니다

그 층위에 썩지 않는 기억들 쌓여 있을 뿐이다

오랜 세월 저 나무 아래에서는

신문과 티브이가 비켜간 비밀스런 사건들이 있었다

지난겨울의 묵은 추문 아프게 발설하고 있는 봄꽃들

더디게 와서 빠르게 달아나는 춘일(春日)의

사보타주엔 우리가 애써 외면해온 내력과 곡절이
있다

폭설

저, 거대한 책을 보라.

조물주가 날밤 새워 쓴 차고 딱딱한

적층의 빙어(氷語)들.

열리지 않는, 입 꽉 닫은 페이지.

빛 반사하며 지상의 온도 빼앗는

불온의 예언서. 백색 테러.

하늘이 내린 계엄령.

철없는 벙어리장갑들

눈덩이 굴리는 놀이에 빠져 있고

미래의 어느 날

새로운 기원을 위해 노아의 방주

불쑥, 하얀 경전을 열고 나올 것이다.

나무가 흔들리는 것은

나무가 이파리 파랗게 뒤집는 것은
몸속 굽이치는 푸른 울음 때문이다

나무가 가지 흔드는 것은
몸속 일렁이는 푸른 불길 때문이다

평생을 붙박이로 서서
사는 나무라 해서 왜 감정이 없겠는가
이별과 만남 또, 꿈과 절망이 없겠는가

일구월심 잎과 꽃 피우고
열매 맺는 틈틈이 그늘 짜는 나무

수천수만 리 밖 세상 향한
간절함이 불러온 비와 바람
어제도 오늘도 내일도 저렇듯
자지러지게 이파리 뒤집고 가지 흔들어댄다

고목의 몸속에 생긴 구멍은
그러므로 나무의 그리움이 만든 것이다

비의 냄새 끝에는

여름비에는 냄새가 난다

들쩍지근한 참외 냄새 몰고 오는 비

멸치와 감자 우려낸 국물의

수제비 냄새 몰고 오는 비

옥수수기름 반지르르한

빈대떡 냄새 몰고 오는 비

김 펄펄 나는 순댓국밥 내음 몰고 오는 비

아카시아 밤꽃 내 흩뿌리는 비

청국장 냄새가 골목으로 번지고

갯비린내 물씬 풍기며 젖통 흔들며 그녀는 와서

그리움에 흠뻑 젖은 살 살짝 물었다 뱉는다

온종일 빈집 문간에 앉아 중얼중얼

누구도 알아듣지 못할 혼잣소리 내뱉다

신작로 너머 홀연 사라지는 하지(夏至)의 여자

고요 한 송이

산 내려오다 만난 고요 한 송이

앙탈부리는 것을

억지 부려 집 안에 옮겨놓았다

그러나 끝내 마음 열지 않더니

한 달포 집 안 소음에 치여

거식증 환자처럼 끙끙 앓았다

덩달아 집이 앓더니

마침내 목숨의 꼭지가 떨어지고

고요 떠난 빈자리

사나워진 소음의 넝쿨만이

허공 가득 우거지고 있었다

일렬종대

꿈은 이루어지는 것이 아니라

때로 재앙일 수 있다는 것을

생생한 실물로 보여주는 저 가로수들

올해도 지루하게 동어를 반복하고 있다

후천성 일급 장애로 봄이면 버릇처럼,

악착같이, 수평 향해 가지를 뻗어보지만

번번이, 욕망은 잔인하게 진압되고야 만다

지쳐 쓰러져, 탕진의 바닥에 누울 때까지

썩지 않을 희망, 썩지 않을 절망

저 가혹한 운명의 슬픈 우리 자화상

흑산도 홍어

목포에 가면 흑산도산 홍어를 먹을 수 있지
묵은 김장 김치 한 장 넓게 펴서
푹 삶은 돼지고기에다가 거름에 삭힌
홍어 한 점 얹혀 한입 크게 삼켜
소가 여물을 먹듯 우적우적 씹다보면
생활에 막힌 코가 뻥, 뚫리면서
머릿속 하얗게 비워진다네
빈속 싸하게 저릿저릿 적셔가며
주거니 받거니 탁배기 한 순배
돌리다 보면 절로 입에서 남도창 한 자락
흘러나와 앉은 자리 흥을 더욱 돋기도 하지만
까닭 없이 목은 꽉 메면서 매캐한 설움
굴뚝 빠져나오는 연기처럼
폴폴 새어나와 콧잔등 얼큰, 시큰하게도 하지
사투리가 구성진 늙은 여자 허리에 끼고
소갈머리 없는 기둥서방으로 퍼질러 앉아
잠시 잠깐 그렇게 세월을 잊고
농익은 관능 삼키다보면 시뻘겋게 독 오른
생의 모가지쯤이야 한숨 죽여 삭힐 수 있지

자유롭고 경쾌한 본원으로의 귀환

유 성 호

1

이재무 신작 시집 『경쾌한 유랑』은, 오랜 격정의 시간과 들끓던 내면의 열망을 충분히 가라앉히면서, 중년 이후 삶의 형식을 깊이 묻고 사유하는 반성적 성찰의 기록이라 할 수 있다. 시인은 정직한 내면 토로와 투명한 사물 묘사를 줄곧 결속하면서, 서정적 귀환을 통한 자기 탐색에 골몰한다. 일정하게 현실적 사유를 진행할 때에도 그는 내면과의 유추 과정을 결코 빠뜨리지 않는다. 그럼으로써 그동안 자신의 삶을 흔들어온 온갖 타율적 기제들에서 벗어나, 한사코 자유롭고 가벼운 유랑으로서의 삶을 선택하고 실현한다.

우리가 잘 알듯이, 이재무 시학은 그동안 이향(離鄕)에 따른 근원 회귀의 열망, 현실 천착과 생태적 사유의 결합

을 지나, 실존적 반성과 자기 탐색의 흐름을 면면히 이어
왔다. 『경쾌한 유랑』은 이러한 흐름을 완만하게 이으면서
도 스스로 흔들리며 가는 삶이야말로 가장 자유로운 것이
라는 투명한 전언을 통해 시인 이재무의 후반기적 징후를
선연하게 보여준다는 점에서, 새로운 의미론적 결절(結節)
을 보여주는 성과라 할 것이다. 그 미적 권역을 채우고 있
는 중요 시편들을 따라가보자.

2

　이번 시집에서도 시인은 일관되게 사물과 내면의 유추
적 결속을 끊임없이 추구하고 표현한다. 모두 알다시피,
최근 우리 시는 더 이상 '동일성' 원리를 고수하려 하지 않
는다. 오히려 일각에서는 세계와의 치명적 불화를 발화하
는 데 주력하고 있기도 하다. 하지만 여전히 서정시는, 잃
어버린 시간에 대한 상상적 추구를 통해 배타적 자기 규정
성을 견지하려는 양식적 충동을 멈추지 않는다. 이때 시적
표현은, 시간의 상상적 탈환과 언어적 대리 구축을 통한
동일성 원리로서 다가오게 된다. 사물과 내면의 유추적 결
속을 통해 잃어버린 시간을 상상적으로 추구하는 시적 표
현은, 다음 시편에 잘 나타나 있다.

돌 속으로 들어가 돌과 함께

허공 소리치며 날던 때가 있었다

번쩍이는 것들,

유리창을 만나면 유리창을 부수고

헬멧 만나면 푸른 불꽃 피워 올리며

맹렬한 적개심으로 존재를 불태웠던

질풍노도의 서슬 퍼런 날들이 가고

돌들은 흩어져 여기저기 땅속에 처박혔다

돌 속에서 비칠, 어질 사람들이 나오고

비로소 돌로 돌아간 돌들

저마다 각자 장단 완급의, 고요한

풍화의 시간 살고 있다   —「돌로 돌아간 돌들」 전문

지난 시간은 "돌"과 혼연일체가 되어 소리치며 날던 낭만적 비상(飛翔)의 시절이었다. 이때의 '돌'은, "유리창"을 부수고 "푸른 불꽃"을 피웠던 질풍노도의 한 시절을 은유한다. 또한 그 '돌'은 다른 시편에서 "날아온 돌 은빛 강철 몸으로 튕겨내면서//감춘 제 속 보여주지 않는 강"(「샛강」)을 노래할 때의 그 '돌'이기도 하다. 하지만 그 '돌'의 투쟁과 열혈과 적의의 에너지는 이제 서슬 퍼런 날들을 관통하여 사라져버렸다. 그 순간 시인은 '돌' 안으로 들어갔던 이들이 밖으로 나오면서 비로소 '돌'이 '돌'로 돌아갔다고 노래한다. 그리고 새삼 제자리로 돌아간 '돌'이 "저마다 각자 장단 완급의, 고요한//풍화의 시간"을 글썽이며 존재론적 비의(秘義)를 한껏 내뿜고 있다고 노래한다.

결국 이 시편은, 서정시야말로 사물과 내면 파악을 이성적 천착이 아니라 감각적 현존을 통해 구현하는 양식임을 선명하게 보여준다. 비로소 자신의 본원(本源)으로 돌아가 고요한 "풍화의 시간"을 살아내고 있는 '돌'의 존재 형식은, 시인 자신의 개인사로 보면 「술이나 빚어볼거나」에서처럼 "내 고향 부여군 석성면 현내리에나 가서" 한동안 "빛과 색 더욱 무성해진 풀밭에 빈 항아리"로 눕고 싶은 마음의 반영이기도 하겠지만, 실존적으로는 "그토록 오래 떠돌았으나//결국 나 또한 붙박이 나목에 지나지 않았던 것"(「저녁 산책」)이라는 존재론적 자각을 얻어가는 과정의 표현이기도 하다. 하지만 더욱 중요한 것은, 안과 밖, 과거와 현재, 실재와 지향 등을 동시에 투시하면서 고요하고 오랜 "풍화의 시간"을 견뎌내는 시인 고유의 깊은 시선일 것이다. 그 깊은 시선을 시인은 다음 시편에서 이렇게 제시한다.

찬비에 젖는 비석처럼 냉정하게 세계를 바라보는 눈

비 다녀간 강물처럼 불어난 생의 슬픔을 글썽대는 눈

풍경 담은 호수처럼 깊어지는 눈

사금파리로 창 긁는 소리 연신 뱉어내는 연인의 눈빛 앞에서 바람 만난 촛불로 일렁대는 눈

믿는 도끼에 발등 찍히고 숯불처럼 맹렬하게 적의로 불타는 눈
　　　　　　　　　　　　　　　　　　　—「눈」 부분

'냉정함'과 '글썽임'의 공존, 그리고 '일렁임'과 '적의'로 불타는 시선의 깊이가 시인으로 하여금 "세계"와 "생의 슬픔"과 "풍경"과 "연인"을 동시에 바라볼 줄 알게 한다. 시인은 이러한 역동적이고 복합적인 시선을 통해 때로는 냉정하게 때로는 글썽이며 스스로 깊어지고 있다. 하지만 그

시선이 꼭 시인의 것이라고만은 할 수 없다. 가령 강물 내려다보이는 언덕 위에 나무 한 그루가 들어선 이후 깊어가는 "강물 눈빛"(「나무 한 그루가 한 일」)이나, "소의 눈 들여다보는 일은/잃어버린 시간을 돌아보는 일"(「뜨거운 여름」)에서처럼 자연 사물과의 눈 마주침도 한몫하고 있기 때문이다. 이러한 "강물"이나 "소"의 눈까지 포함하는 시선이야말로, "눈에 보이는 바닥만으로 깊이를 어림할 수"(「맑은 물은 바닥을 감추지 않는다」) 없다는 판단을 통해, 비가시적 실재까지 들여다볼 줄 아는 품까지를 포괄하는 것이다. 이렇게 이재무 시편들은, 감각적 현존을 통해 자신의 본원으로 돌아가려는 지향과 함께, 존재의 깊이를 투시하고자 하는 열정을 동시에 매개하고 표현한다.

3

이러한 연장선상에서 이재무 시인은 사물 속에 선명하게 담겨 있는, 하지만 일상의 눈으로는 간과하기 쉬운, 견고하고 항구적인 질서와 힘에 대하여 은유하고 있다. 물론 우리를 둘러싸고 있는 뭇 사물들은 그 자체로 '보금자리'이자 '감옥'이다. 이때 '보금자리'는 운명적으로 주어진 삶의 터전을 이름하지만, '감옥'은 인간 욕망이 만들어낸 삶의 불가피한 구조를 뜻한다. 비유하자면 이재무 시편들은

감옥을 부수려 하지 않고 오히려 그 감옥 안에서 감옥을
환히 밝히는 데 매진한다. 내면의 흐름을 개관하고 갱신하
면서 경이로운 존재 전환을 상상적으로 실현하는 것이다.
다음 시편에 시인이 행하는 반성적 존재 전환 과정이 선명
하게 드러나 있다.

> 그는 달고 재는 일로 세상 이치 궁구하던 자
> 꼼꼼하게 저를 다녀가는 세세한 차이들
> 눈금으로 읽어내 존재들 가치를 증명해왔다
> 슬쩍 바람이 몸 얹기만 해도
> 파르르 진저리치며 파동 보이던,
> 바늘 촉수를 누구라서 감히 눈속임할 수 있었겠는가
> 경중에 따라 위계 매겨온 냉혈한
> 무게들은 고개 숙여 경의를 표해왔다
> 그렇게 평생 판단하고 재단하는 일로 살아온 그가
> 어느 날 문득 중심축 잃고 난 뒤
> 기관들 신경 줄 끊어지고 감각들은 몸을 빠져나갔다
> 이후 그는 자신이 지금껏 애써 지켜온
> 추에 대한 절대적 확신을 스스로 부인하였다
> 생에 위반과 반전이 일어난 것이다
> 무게의 차이는 가치의 서열일 수 없으므로
> 기능 상실한 추를 떼어낼 것
> 세계 안의 편재하는 사물은 각자 저마다의 무게로

고유한 최대치의 절대성을 지녀 살아간다는 것
그러니 무게의 이력들을 더 이상 개관하지 말 것
그리하여 그렇게나 많이 주렁주렁 길고
무거운 전력 담은 벽보와 전단지 인생들의 발길
끊어지고 철저히 버려진 채 그는 고립무원의
외톨이가 되었다 그리하여, 추수
끝난 벌판의 검불처럼 속진의 셈본으로부터
벗어나 생애 처음으로 무력한 자유가 주어졌다
　　　　　　　　　　　　　　──「무중력 저울」 전문

　여기서 3인칭으로 명명된 '저울'은 그동안 사물들의 차
이와 가치를 눈금으로 증명해온 합리적 계측의 존재로 등
장한다. 그래서 어느 누구도 저울의 "바늘 촉수"를 속일
수 없었다. 그를 지나간 무게들은 이러한 냉혈한에게 확고
한 "경의를 표해왔다". 그런데 그런 그도 낡아가기 시작하
면서, 문득 중심축을 잃고, 감각들이 빠져나가고, 급기야
는 정밀했던 "추"에 대한 신뢰마저 빠져나갔다. 이러한 존
재론적 이반(離反)은 결국 "무게의 차이"를 준별하려 했던
자신의 관성을 반성적으로 검토하면서 모든 사물들이 "저
마다의 무게로/고유한 최대치의 절대성을 지녀 살아간다
는 것"을 수긍하는 과정으로 이어진다. 그리고 이러한 수
긍은 비록 지금은 저울이 "고립무원의/외톨이"일지라도,
생애 처음으로 "추수/끝난 벌판의 검불처럼" "무력한 자

유"를 누리게 되는 상황으로 진전되어 나간다.

물론 여기서 "무력한 자유"는 이중의 함의를 지닌다. 하나는 용도 폐기된 존재의 쓸쓸한 잔영(殘影)에 대한 부정이고, 다른 하나는 비로소 얻은 삶의 자유로움에 대한 역설적 긍정이다. 이러한 자유로움을 통해 시인은 "몸과 몸 간의 거리와 몸과 마음 간의 거리와 마음과 마음 간의 거리"(「백둔정방 요양원에서」)를 합리적 계측으로 잴 수 없다는 자각을 하게 되고, 측량할 수 없는 존재자들의 성정(性情)을 있는 그대로 받아들이는 것이 자유로움의 중요한 요목이 된다는 것을 발견한다. 이렇게 합리성을 넘어 새롭게 마련된 존재 전환의 이미지 가운데 하나가 "주름"일 것이다.

거울 속 굵게 팬 주름들 곁,
갓 태어난 잔주름들
어느새 일가를 이루었구나

저 굴곡과 요철은
시간의 밀물과 썰물이 만든 것

주름 문장을 읽는다
주름 속에는 눈 내리는 마을이 있고
눈에 거듭 밟히는

윤곽 흐릿한 얼굴이 있고
만지면 촉촉이
손에 습기가 배는 풍금 소리가 있다

이마에서 발원한 주름 물결
번져서 온몸을 덮으리라   ─「주름진 거울」전문

　말할 것도 없이 모든 시적 대상은, 사물 그 자체의 현현
이자, 생의 이법(理法)을 우회적으로 담고 있는 반영체이
다. 나아가 그것은 '시작(詩作)' 행위 자체를 은유하는 상
관물이 되기도 한다. 이 시편에서의 "주름"은, 물질로서의
'주름' 자체이자, 잃어버린 시간이라는 생의 형식이고, 동
시에 '시(詩)' 자체에 대한 은유로도 읽을 수 있다.
　'거울'에는 "굵게 팬 주름들 곁"에 막 신생한 "잔주름
들"이 모여 있다. 이때 "주름"의 굴곡과 요철은 "시간의
밀물과 썰물이 만"들어낸 "문장"으로 비유된다. 그 주름
(문장) 안에는 "눈 내리는 마을"과 "윤곽 흐릿한 얼굴"과
"풍금 소리"가 모두 들어 있다. 흐릿하게 멀어져간 풍경과
사람과 소리가 다 들어 있는 것이다. '주름'이라는 공간표
상이 지난날의 기억을 줍는 시간표상으로 몸을 바꾼 것이
다. 이렇게 '시' 자체를 다른 사물에 의탁하는 은유적 표현
을 시인은 시집 곳곳에서 수행하고 있다. 가령 "펜"을
"삽" "쟁기" "호미" "쇠스랑"으로 비유하고 난 후 "이마에

한 톨 두 톨 돋는 땀"이나 "경작의 노고보다 헐한 소출"
(「펜에 대하여」)이라고 노래할 때, 그 이면에는 "어제의 주
름이 죽고 새로운 주름이 태어"(「주름 속의 나를 다린다」)
나는 시간의 과정을 노래하는 자신에 대한 역설적 자긍이
넘쳐난다. 결국 "무중력 저울"과 "주름진 거울"은, 시인
이재무에게 "항아리 속/오래 묵힌 간장 같은/적막"(「묵언
의 빛깔」)을 담고자 하는 시적 원리, 곧 오래고 견고하고
항구적인 새로운 힘을 실현하게끔 하고 있는 것이다.

4

또한 시인은 "도무지 양보를 모른 채 으르렁대는/두 마
리 서로 다른/인내와 충동"(「내 몸속에는」)이 자신 안에 산
다면서 그것들의 길항 과정이 자신의 존재론임을 피력하고
있다. 다시 말하면 그는 "공같이 튀는 탄력"(「간절」)과
"우리네 피의 설운 가락(「된장찌개」)을 동시에 견지하면서
시를 쓰는 시인이다. 이러한 이질적 속성을 남다른 균형
감각으로 다스리고 통합하는 것이 결국 이재무 시학의 양
도할 수 없는 원리이자 궁극적 지향이 되는 셈이다. 다음
작품이 그러한 원리를 잘 보여준다.

　　놀이터 시소 놀이하는

아이들 구김살 없이 환한

얼굴 넋 놓고 바라다본다

저 단순한 동어반복 속에

황금 비율이 들어 있구나

사랑이란 비율이 만드는 놀이

상대의 무게에 내 무게를

맞출 줄 알아야 한다

엇나가기 시작한 관계들이여,

놀이터에 가서 어린아이로

시소에 앉아보아라

놀이에 몰두하는 아이들은

그러자는 약속, 다짐도 없이

서로의 무게를 받들 줄 안다

——「시소의 관계」 전문

    이 시편은 "시소"의 원리를 통해 '균형 감각'을 지향하는 일종의 메타 시편이다. 시인은 시소의 "단순한 동어반복" 이야말로 "황금 비율"을 숨긴 생의 원초적 속성이 아닐까 하고 사유한다. 마찬가지로 "사랑"도 "상대의 무게에 내 무게를 맞"추는 균형 놀이이고, 그와 반대로 이리저리 "엇나가기 시작한 관계들"은 모두 서로의 무게를 받아들일 줄 몰라 벌어진 결과라고 해석한다. 이러한 해석적 관념은 시인으로 하여금 사유와 자의식 전체에서 일종의 '균형'에 대

한 든든한 의지를 밑거름으로 삼게 한다. 또한 이 균형 감
각은 '수평'과 '수직'의 상호 공존의 미학으로 나아가는 순
서를 밟는데, 이는 이재무 시학의 견고한 감각적, 인식론
적 균형 의지를 엿보게 하는 장면이 아닐 수 없다.

수평은 고요가 아니다
수평은 정지가 아니다
가만히 들여다보라
선 안팎 넘나들며 밀려갔다
밀려오는 격렬한 몸짓,
소리 없이 포효하는 함성을
저, 잔잔한 수평 안에는
우리가 어림할 수 없는
천연의 본성이 칼날을 숨긴 채
숨, 고르고 있는 것이다
저 들끓는 정지와 고요가
바깥으로 돌출하는 날
수평은 날카롭게 찢어지리라

제 속 들키지 않으려
칼날의 숨 재우고 있는
저 온화한 인품의
오랜 침묵이 나는 두렵다   —「수평선」전문

이 시편은 "고요"도 "정지"도 아닌 역동의 고요로서의 "수평"을 노래한다. 수평선은 "선 안팎 넘나들며 밀려갔다/밀려오는 격렬한 몸짓"을 숨기고 있다. 그 안에 잠겨 있는 "소리 없이 포효하는 함성"은, 일차적으로는 곧 떠오를 태양을 암시하는 것이겠지만, 오히려 그 풍경을 바라보고 있는 시인 내면의 역동적 고요를 함의하기도 하는 것이다. 그 순간 숨겨 있던 "천연의 본성이 칼날"인 것이 "들끓는 정지와 고요"와 함께 바깥으로 나타나면서, 고요한 수평은 날카롭게 찢어진다. 비로소 시인은 "칼날의 숨 재우고 있는/저 온화"를 지니고 있는 수평의 "오랜 침묵"을 두려움으로 바라보게 된다. 이때의 두려움은 '공포'보다는 '외경(畏敬)'에 가까운 것일 터이다. 이러한 역동적 고요로서의 수평은 "출렁출렁 넘칠 듯 아슬아슬한/사랑의 수평도/마음속 벼랑이 이룬 것"이라는 자각을 동반하면서, "수직의 고독이 없다면/수평의 고요도 없을 것"(「수직과 수평」)이라는 기억할 만한 에피그램epigram으로 나아가기도 한다.

이렇게 이재무 시인은 "세상은/의지와는 상관없이 요동치며 흘러갔지만/연연해하거나 노하지 않기로"(「저녁, 교정에서」) 마음먹으면서, "선한 이웃에게 위로가 되기도 하였으나/더러는 치명적인 독"(「피를 보다」)이 되기도 하는 시를 쓴다. 역동적 고요로서의 황금 비율을 숨긴 채, 수직과 수평이 이루는 남다른 균형 속에서, 사물과 내면이 수

동적 대상과 관조의 관계가 아니라 함께 삶을 꾸려가는 공생적 주체임을 선언하고 있는 것이다.

5

언젠가 제임슨F. Jameson은 유토피아의 기능이, 우리로 하여금 더 나은 미래를 상상하게 하는 것이 아니라, 그런 미래는 결코 상상할 수 없다는, 곧 미래가 없는 비(非)유토피아적 현재에 우리가 갇혀 있다는 사실을 보여줌으로써 우리 삶의 폐쇄성을 드러내는 데 있다고 갈파한 바 있다. 지금까지 읽어온 것처럼 이번 시집은 깊은 시선을 통한 존재 귀환, '시' 자체에 대한 첨예한 존재론적 자의식, 날카로움과 부드러움을 결속한 남다른 균형 감각을 보여주었다. 그리고 이재무 시학이 그다음으로 겨냥하고 있는 것은 무엇일까. 그것이 바로 우리 삶의 불가피한 폐쇄성에도 불구하고, 그것을 넘어서고 초월하려는 이재무 특유의 새로운 서정적 처방에 있다 할 것이다. 다음 시편에서 그 맥락을 찾아보자.

웃음의 배후가 나를 웃게 만든다
자꾸 웃음이 나온다
밥 먹으면서 풉풉 길 걸으며 낄낄

앉아서 웃고 서서 웃고 누워서 웃는다
수업하다가 허허 차 타면서 헤헤
잠자다 깨어 웃고
소리 내어 웃고 소리 죽여 웃는다
누가 보거나 말거나
몸에 난 사만 팔천 개의 구멍을 열고
비어져 나오는 웃음의 가래떡
찡그리면서 웃고 이죽거리며 웃는다
웃는 내가 바보 같아 웃고
웃는 내가 한심해서 웃는다
이렇게 언제나 나는 가련한 놈
웃다가 웃다가 생활의 목에
웃음의 가시가 박힐 것이다

백지의 공포 앞에서 볼펜이 웃고
웃음의 인플루엔자에 전염된
꽃들이 웃고 새들이 웃고
애완견과 밤 고양이가 웃고
가로수가 웃고 도로가 웃고 육교가 웃고
지하철이 웃고 버스가 웃고 거리의
간판들이 웃고 티브이, 컴퓨터가 웃고
핸드폰, 다리미, 냉장고, 식탁,
강물, 들녘이 웃고 산과 하늘이 웃는다

동심원을 그리며 번져가는
웃음의 장판 무늬들
그러다가 돌연 사방팔방 안팎에서
떼 지어 몰려와
두부 같은 삶 물었다 뱉는,

가공할 웃음의 저 허연 이빨들
웃음의 감옥에 갇혀 엉엉 웃는다
　　　　　　　　　　　　　　—「웃음의 배후」 전문

　웃음에도 배후가 있다. 시인은 끊임없이 웃음을 파생시
키는 배후를 사유하고 풍자한다. 하지만 그 웃음 속에는
스스로를 가엾게 여기는 '자조(自嘲)'가 개입되어 있다. 뭇
사물로 하나둘씩 번져가는 웃음의 배후는, 볼펜도 꽃도 새
도 개와 고양이도 심지어는 가로수나 도로 육교 지하철 버
스도 함께 웃게 한다. 그리고 결국은 지상의 모든 사물들
로 웃음은 물밀듯이 감염되어간다. 그렇게 "동심원을 그
리며 번져가는/웃음"의 감옥에 갇혀 "엉엉 웃는" 시인의
초상은, 그 "웃음"이 열락(悅樂)의 감각에서 배태되는 것
이 아니라, 그리고 유머나 해학과 동의어가 아니라, '슬픔
의 무게'를 감싸 안고 있는 역설의 기표임을 보여준다. 삶
의 형식이 온통 웃음을 외관으로 하고 있다 할지라도, 그
틈새로 번져오는 '슬픔의 무게'를 읽어내는 시인의 감각을

통해, 우리는 우리가 처한 삶의 폐쇄성과 그것을 넘어 새로운 존재론을 꿈꾸는 시인의 서정적 처방을 접하는 것이다. 이러한 태도를 견지하며 나서게 되는 '경쾌한 유랑', 이것이 바로 이재무 시학의 서정적 처방이 가닿은 미래적 표지(標識)일 것이다.

새벽 공원 산책길에서 참새 무리를 만나다
저들은 떼 지어 다니면서 대오 짓지 않고
따로 놀며 생업에 분주하다
스타카토 놀이 속에 노동이 있다
저, 경쾌한 유랑의 족속들은
농업 부족의 일원으로 살았던
텃새 시절 기억이나 하고 있을까
가는 발목 튀는 공처럼 맨땅 뛰어다니며
금세 휘발되는 음표 통통통 마구 찍어대는
저 가볍고 날렵한 동작들은
잠 다 빠져나가지 못한 부은 몸을,
순간 들것이 되어 가볍게 들어 올린다
수다의 꽃피우며 검은 부리로 쉴 새 없이
일용할 양식 쪼아대는,
근면한 황족의 회백과 다갈색 빛깔 속에는
푸른 피가 유전하고 있을 것이다
새벽 공원 산책길에서 만난,

발랄 상쾌한 살림 어질고 환하고 눈부시다

—「경쾌한 유랑」 전문

 새벽 산책 길에서 만난 새 떼들은 대오를 짓지 않은 채 따로 놀며 생업과 놀이와 노동을 동시에 한다. 본원적인 자유로움을 속성으로 하는 그 "경쾌한 유랑의 족속들"은, 마치 튀는 공처럼 맨땅을 뛰어다니며 "가볍고 날렵한 동작"으로 시인마저 가볍게 해준다. 이 "근면한 황족"의 빛깔들 속에서 유전하는 푸른 피와 발랄 상쾌한 살림살이를 발견하는 시인은, 스스로 어질고 환하고 눈부신 생성의 시간을 한껏 경험하고 노래한다. 어질고 환한 자유로움을 통해 경쾌한 미래로 나아가는 모습은, 마치 '돌'로 돌아간 '돌'처럼, 자신의 본원으로 회귀하려는 시인의 의지를 적극 반영하고 있다.

 이러한 의지는 불쑥불쑥 얼굴을 내미는 과거에의 집착보다는, "인욕의 시간"(「우리 집 선풍기는 고집이 세다」)을 넘어 "미래의 거처"(「푸른 거처」)로 나아가려는 이재무 시학의 새로운 서정적 열망을 선명하게 보여준다. 여전히 "귓가에서 점점이 멀어져//풍경으로 남은 소리"(「워낭 소리」)나 "조물주가 날밤 새워 쓴 차고 딱딱한//적층의 빙어(氷語)들"(「폭설」)을 듣고 채집하면서, 시인은 다음 시집에서 그 '경쾌한 유랑'의 가장 구체적인 진경(進境)을 보여줄 것이다.

우리가 보아온 것처럼, 시인은 이번 시집에서 일상적이고 물리적인 현실을 벗어난 존재 전환을 열망하고 있다. 이때 이루어지는 시적 경험들은, 상상적 확장을 통해 뭇 사물로 권역을 넓혔다가 다시 내면으로 귀환하는 과정을 일관되게 밟는다. 이러한 자기 회귀와 궁극적 자기 발견을 동시에 욕망하면서, 시인은 시종 격정의 깊이를 언어 뒤편에 숨긴 목소리와, 내밀하고도 단단한 목소리를 우리에게 들려준다. 자유롭고 경쾌한 본원으로의 귀환을 열망하는 그 목소리 안에 담긴 '역동의 고요'에, 이제 우리가 귀 기울일 차례이다. ▨